D1084513

Palabras que debemos aprender antes de leer

actuación

apareció

carruaje

derramaban

ensayaba

especialmente

faenas

sorbían

www.rourkeeducationalmedia.com

Edición: Luana K. Mitten
Ilustración: Helen Poole
Composición y dirección de arte: Renee Brady
Traducción: Yanitzia Canetti
Adaptación, edición y producción de la versión en español de Cambridge BrickHouse, Inc.

Library of Congress Cataloging-in-Publication Data

Koontz, Rovin
 Zelda la cenicienta / Robin Koontz.
    p. cm. -- (Little Birdie Books)
ISBN 978-1-61810-544-8 (soft cover - Spanish)
ISBN 978-1-63430-317-0 (hard cover - Spanish)
ISBN 978-1-62169-037-5 (e-Book - Spanish)
ISBN 978-1-61236-027-0 (soft cover - English)
ISBN 978-1-61741-823-5 (hard cover - English)
ISBN 978-1-61236-738-5 (e-Book - English)
Library of Congress Control Number: 2015944651

*Scan for Related Titles
and Teacher Resources*

Also Available as:

Rourke Educational Media
Printed in the United States of America,
North Mankato, Minnesota

rourkeeducationalmedia.com

customerservice@rourkeeducationalmedia.com • PO Box 643328 Vero Beach, Florida 32964

Zelda la Cenicienta

Robin Koontz

ilustrado por Helen Poole

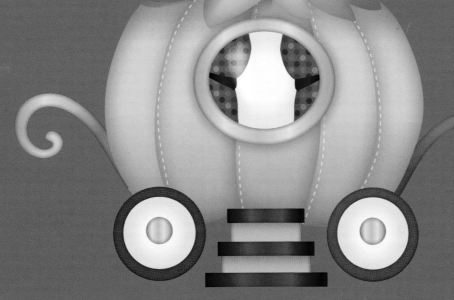

A Zelda le encantaba leer, sobre todo obras de teatro. Cuando terminaba las labores de la casa, leía y cantaba en su cuarto.

Una tarde soleada, Zelda abrazó su libro y cerró los ojos. Imaginó que vivía en un hermoso castillo.

—¡ZELDAAAAAAAHHHH! ¿Dónde está nuestra cena?

Zelda corrió a la cocina. Helga y Belva estaban esperando. Ellas miraban enojadas a Zelda mientras esta echaba cucharones de sopa en dos cuencos.

Sus hermanas sorbían y derramaban la sopa mientras Zelda esperaba su turno para comer.

—No olvides fregar —dijo Belva. Helga se rió.

Sus hermanas fueron a ver la televisión.

—¡Me siento igual que Cenicienta! —dijo Zelda—. Me gustaría tener un hada madrina.

¡ZAS! El hada madrina apareció: —Aquí estoy —dijo—. ¿Qué deseas?

—Deseo ser Cenicienta —dijo Zelda—, ¡y asistir al baile real!

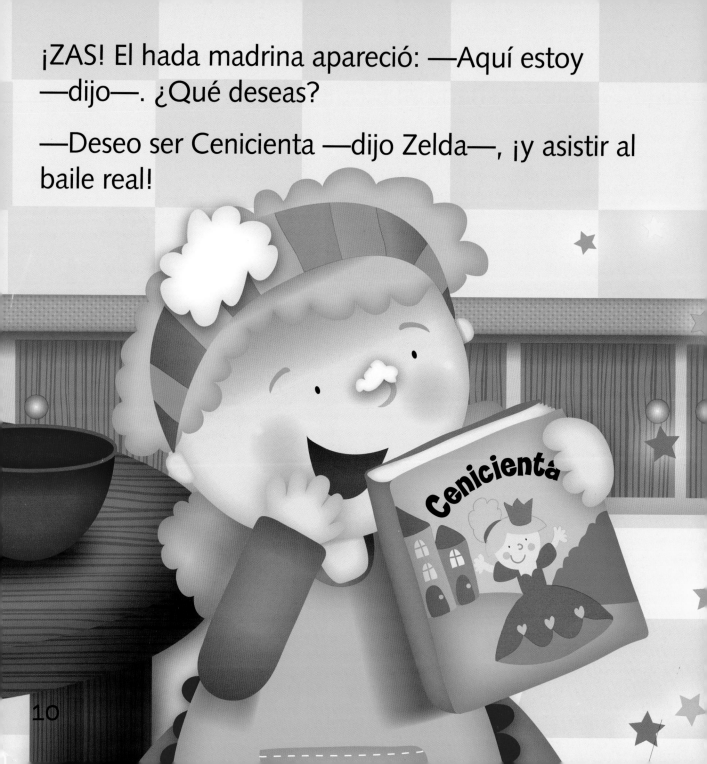

—Eso es un cuento muy viejo —dijo el hada madrina—. ¿Quieres alguna otra cosa?

—¿Puedo ser Cenicienta en una obra de teatro? —preguntó Zelda.

—Eso está mejor —dijo el hada madrina—. Hay pruebas de actuación hoy. Sígueme.

Audiciones para Ceniciente ¡hoy!

—¿Hay un carruaje real con caballos blancos esperando por mí? —preguntó Zelda.

—Tú vas a pie —dijo el hada madrina.

—Ah. Bueno, ¿puedo tener un hermoso vestido? —preguntó Zelda.

—Si consigues el papel —dijo el hada madrina. Entonces, ¡ZAS! Ella desapareció.

Zelda hizo la prueba de actuación. Se sabía la historia de memoria.

libreto

¡A todos les encantó Zelda! Ella logró el papel de Cenicienta. Cada vez que tenía una oportunidad, Zelda ensayaba para la obra.

¡GENIAL!

¡Estupenda!

Miembros del jurado

libreto

Audiciones para
enicienta

17

Helga y Belva fueron a ver la obra la noche del estreno. Cuando vieron a Zelda como Cenicienta, se quedaron mirándola fijamente. Cuando escucharon a Zelda cantar, aplaudieron.

Cuando Zelda besó al apuesto príncipe, ellas lloraron.

Zelda se casó con el príncipe y vivieron felices por siempre.

Ella llamaba a Helga y a Belva al menos una vez por semana. —¡No se olviden de fregar! —les decía. Y luego colgaba el teléfono.

Actividades después de la lectura

El cuento y tú...

¿Quiénes son los personajes principales del cuento?

¿En qué se parecen los personajes a los personajes de otras versiones de Cenicienta? ¿En qué se diferencian?

¿Alguna vez te has sentido como Cenicienta?

¿Qué le pedirías tú a un hada madrina?

Palabras que aprendiste...

Elige tres palabras de la siguiente lista. En una hoja de papel escribe una oración donde utilices esas tres palabras. ¡Asegúrate de que tu oración tenga sentido!

actuación	ensayaba
apareció	especialmente
carruaje	labores
derramaban	sorbían

Podrías... crear tu propio cuento de Cenicienta

- Decide quiénes serán los personajes principales.

- ¿En qué se parecerá tu cuento al de Zelda la Cenicienta?

- ¿En qué será diferente?

- ¿Qué otros personajes tendrá tu cuento?

- Ahora escribe tu versión de Cenicienta. Asegúrate de incluir ilustraciones.

- Cuando termines, comparte el cuento con tus amigos.

Acerca de la autora

A Robin Koontz le encanta escribir e ilustrar cuentos que hagan reír a los niños. Ella vive con su esposo y varios animales en las montañas de Coast Range, en el oeste de Oregón. Ella comparte su oficina con Jeep, su perro, quien le da gran parte de las ideas.

Meet The Author!
www.meetREMauthors.com

Acerca de la ilustradora

Helen Poole vive con su novio en Liverpool, Inglaterra. En los últimos diez años ha trabajado como diseñadora e ilustradora de libros, juguetes y juegos para muchas tiendas y editoriales del mundo. Lo que más le gusta de ilustrar es desarrollar un personaje. Le encanta crear mundos divertidos y disparatados con colores vívidos

y brillantes. Ella se inspira en la vida cotidiana y lleva siempre un cuaderno... ¡porque la inspiración suele sorprenderla en los momentos y lugares más insólitos!